歌集

鏡の私小説

栗原寛

短歌研究社

映すというそのいささか危険な機能の他に、輝くというさらに眩惑的な性質を備えたこの器具は、日常的な身辺の道具である以上に、本来の意味での「道具」即ち「成道の具」ともなり、あるいは逆に、自意識を増長せしめる破滅の具ともなった。

多田智満子『鏡のテオーリア』

鏡の私小説　目次

四つ葉をさがす　9
太陽城　13
モノクロームの雨　17
当世風　22
終止線　26
光蠟樹——台湾　31
土瀝青　35
ボックスシート　37
夏のをはり　41
かなしみ　47
うつくしき遺書　53
誤差範囲　57

設計図　61
新明解に恋は　64
とまどひ　68
ほんたうの要素　72
古書のすきまに　76
ねうねう　79
星の時間　83
雷龍の国――タイ、ブータン　88
偶像崇拝　93
われらの樹　97
をとこ・をんな　103
さやけかるべく　108

白をかさねて　112
前髪　116
朝のオレンジ――シチリア、ローマ　119
Björn Andrésen　127
ゆるやかな蔓　130
花には罪　134
距離　137
たとへば樹　141

あとがき　143

鏡の私小説

装幀　伊勢功治

四つ葉をさがす

必要な部分のみなるマネキンの不要となりし部位をこほしむ

不在といふ存在もありおもひでのなかにくるくるまはる僕たち

みづを飲む鳥のおもちやのある夏の風景のなか誰しもこども

クローバー見つければすぐ駆け出してきみは四つ葉をさがすやうなり

ないことにしてゐたおもひ制服につつまれてゐしかの夏の日の

あをじろき腕《かひな》あらはる護られてゐたる月日を羞《やさ》しむやうに

傘を打つ雨の音やみたるときに街路樹の葉はしげりてゐたり

樹下までは降りてこぬ雨言ひさしてのちのことばの気にかかりつつ

Tシャツに透けるおもはく服のうへからでもわかるきみのからだは

太陽城

ひとりきりの夏の目覚めよ素裸のままにコップのみづを飲み干す

もぎたてといふ設定のトマトひとつかじりて夏の朝を始める

反乱のやうに観葉植物と化してゆく根菜類ふかみどり

茹であがるたびほがらかに順序よくニョッキがひとつひとつ浮かび来

まぶしすぎる陽に照らされて果樹園に実りゆくわがおもひの果実

坐りゐる椅子かがやけり膝がしらあたりからきみの夏がひらけて

陽に灼けることもいとはず太腿も腕もあらはに俥夫はしりゆく

見てはならぬもの見るやうに真昼間のたくしあげたるシャツのうらがは

胸もとに汗ひからせてプロフィール写真に半裸さらすボクサー

炎帝と呼びかはしたる声ゆゑか裸のからだつやめきてをり

八月を過去につなげる太陽城《サンシャインシティ》いみじき日は降りそそぎ

モノクロームの雨

もう池の無きいけぶくろ噴水にみづ遊びする子供はゐても

なにもかも面倒になりジュンク堂にひつくり返す文庫の『檸檬』

椿屋に椿ひそめりカップにも砂糖壺にも姿をかへて

そのままで結構ですと言はれれば置き去りにする僕の痕跡

いろいろな行き方があり生き方のやうでもあつて新宿に着く

作りながらつかふ駅舎の階段の位置またしても変更となる

階段を昇りゆくなりピンヒールのピンの部分は浮き上がりつつ

禁じられたること増えて法の目をかいくぐりたりけふも僕らは

泳ぐやうに花園通り這ふやうに仲通り熱の記憶とともに

どこの誰か知らねどもどこかの誰かにてをみなほほゑむポケットティッシュ

モノクロームの雨の降りをり窓際に見やれば新宿駅南口

池袋西口・新宿歌舞伎町 Don Quijote《ドンキ》 は夜に聳え立つもの

当世風

うるさきはおたがひさまのこととして飲めば高田馬場の居酒屋

宴会の隅つこのその他大勢の中のひとりのわれをうべなふ

混沌の宴の隅に戸籍上分けられて僕もあなたも坐る

落ちる、ではなくて堕ちると書くやうな恋したくなる酔へばいつでも

酔つぱらひどうしが交はすことのはのおほかた夜の街に捨てらる

当世風の無頼を気取るストロングゼロ飲みながらコンビニの前

前後不覚となるまで飲まむ夜を跨ぎたとへば吉原幸子のやうに

受け入るること難ければず・ざる・じ・まじ濁らずにゐられぬこころ

数分前の僕も含まれあなたからほろほろ零れ落ちてゆく砂

奔放と言へば言へないこともないやうにも見えむわがルーティーン

終止線

そのたびにピアノの前で付け替へるショパン弾くゆびバッハ弾く指

少年のやうに笑ひてモーツァルトはいつも楽譜の外がはにゐる

死にたいとぼんやり思ひゐし脳がほどけゆくアラベスクのうちに

休め、でも憩へ、でもなく音を出すべからず、である休符といふは

くりかへすため作られて永遠に終止線なきゲーム音楽

くづれゆく日常のやうくりかへしコピーされたる音符がにじむ

*

店先のひと山いくらレコードの溝の谷間に忘られしひと

しやりしやりとよごれはじめるきみのこゝろ針につきたる埃にまかれ

伝説も涙もつつみピカルディ終止いとしきグループサウンズ

忘れられたるものどうし琉球朝顔のあを愛でながら時が流れる

あ、いまのは前奏ではなかつたのか歌ひだす千代に八千代にさざれ

光蠟樹――台湾

まぼろしの前世となり路地裏のあちらこちらに祖《おや》たちがゐる

煙草工場なりしかつてのほのあかりゆらめきてをりくらき廊下に

吹く風は過去世のかをり光蠟樹のみどりさやげる庭へ出でゆく

街なかの風景よりも写真うつりを気にするひとと収まる写真

街区より街区へとゆく蒸し暑き空気からだにまとはりつかせ

もくもくと靡けるけむり月下老人に託すなりわが出逢ひも恋も

祈りにも段取りがあり龍山寺左足より伽藍へと入る

地下鉄の月台《プラットホーム》待ちゐるにいつか空への入り口となる

台北の夜が蕩《とろ》けるココナッツミルクのあまきにほひのなかに

われもまた上着一枚脱ぎ捨てて溶けこまん熱りやまざる街へ

土瀝青

断片がなづきに残るそのひとに会ふためにだけ降りし駅前

炭酸水を舌にころがすおとろへてゆくばかりなる夢のなごりに

窓ぎはに置けばガラスの壜あをくその日をよみがへらせて光れり

海に向かふらしき人らが増えてゐるさねさし相模大野を過ぎて

生きめやも生きざらめやもぢりぢりと土瀝青《アスファルト》灼く強き陽のなか

ボックスシート

手荷物を載せむと伸ばすからだよりあらはれいづる青年の夜

網棚に荷物を上げるきみの腕見れば抱《いだ》かれたき夏の闇

車窓より見るかぎり屋根おびただしき数の他人がその下に棲み

わらわらと人が降りゆくこの先がフィクションとなる予兆のやうに

ボックスシートに目をそらしつつむかひあふ東海道線の終電は海

鉄橋を渡つてゆけりわかつたなわかつてゐるなと念押しされて

最終の電車あやつりあらたなる星座をつくりだす運転士

幾光年走りつづけむ　鉄道は星と星とをつなぐやうにも

Égoïste あらはれわたる終電を降りたら森をかき分け帰る

夏のをはり

万年筆の青きインクに書きつけて溶けてゆきたることば、雨の日

ゆびさきを濡らしてゐたりここにしか降らない雨をきみは知らずに

体温計につかのま冷ゆる腋下より幼き夜のよみがへりきつ

鬱蒼と廊下が森になつてゐる全員分の「木」が貼り出され

ふらここも鞦韆《しうせん》も知らざりし日にひたすらひとり漕ぎしブランコ

鈴の鳴る音がしてゐた昨夜《ゆうべ》死んで鸚哥不在の鳥かごのなか

つたへたきことつもりゆく葉桜のつくれる影を見てゐるうちに

種にては増えゆくことのなきさくら種のやうなるものは実れど

昼の記憶、夜の記憶とまざりあふ道に見てゐる僕の分身

いつかの僕のうしろすがたがとほざかり見覚えのなき景色となりぬ

くらくらと季節がすすむ庭先に受粉をはりてのちのひまはり

ずぶ濡れで歩くくらゐがちやうどよくみんななかつたことにせよ雨

まなうらをひるがへりゐるヴィタ・セクスアリス　寝苦しき夜の続けり

次の日もまた雨となる夏のをはり濡れたる靴の濡れたるままに

素裸をうつす姿見この夏も水着の跡はつかず去りたり

かなしみ

月蝕は空にをはるを地上には満たされぬ身を鏡に晒す

ほんたうのことはとつくに見抜かれて歪む鏡に僕らがうつる

真実はどこまでうつる鏡には左利きなる僕とあなたと

致死量のみづをたたへてしづかなるみづうみゆゑの愛し方あり

からだよりみづはしたたり執拗にくりかへされるクライマックス

欲望がバグを起こしてゐる夜にあかりをつけたままの寝室

言ふことを聞くしかなくて言はれるがままにひろげるすなほな手足

ことばにはならざる炎そそぎこむごと握りしめられてゐる芯

僕たちの愛を確かなるものとせむルールをつくるひと夜かぎりの
夜をこめて光るゆびさき僕たちは傷を舐め合ふことでつながり
海はいまひえびえと満ちくるらしくひとさしゆびに血はあふれいづ

たまさかに会ひたるひとの香水の名は知らねかをりつづけるベッド

胸のうへに塗りひろげたる感情の粘りつきたりひと夜そのまま

いやがうへにもとがる針ねむられぬギリシャ数字の時計もわれも

夜のほどろひとり醒めゐてかなしみは臍《ほぞ》のあたりにみづうみとなる

うつくしき遺書

暖色の夜となりたりカウンターのひとりひとりにさがれるランプ

店のうちに時計はあらず終電の過ぎてより時は恣意となりたる

十分すぎる恋の条件花の名を問へばすなはち答へがかへり

ほほづゑをつくときふいによみがへる若き日のポートレートの不敵

いまは余生と嘯きてゐるピカレスクロマン風味の笑みを浮かべて

生きてゐる理由はいまだうつくしき遺書を書くことあたはざれば、と

ねつとりと咲《ひら》けばわれもねつとりとしたる眼に見るラフレシア

辿りつけぬ夢の結末ばつさりと打ち切られたるドラマのやうで

ひたすらにしづみゆくなり酒精《あるこほる》ひとりとなれる夜にきはまり

誤差範囲

四十代の男のからだ不埒なる夢よりさめてしばしさぐれば

いつのまにか古りゆき冠婚葬祭の婚より葬の多くなりたり

読み捨てられし歌つみあがる僕たちの世代もだいぶ年季が入り

数年前のことは数年前としかわからなくなるその誤差範囲

のびしろのまだわがうちにあることを信じたく腕立て伏せはするなり

解像度ひくき写真にとりこまれあやふきものとなりてゆく過去

周波数合はさぬやうにあなたにはわざと敬語を解かないでゐる

「不惑」とは「不感」に似ると吉野弘書きゐたりしがわれいま不惑

「不惑《まどはず》」とは実は「不或《くぎらず》」といふ説に四十代がひらけてゆけり

設計図

かんたんになりゆく世界$\sqrt{2}$＝《は》1.4とかπ＝《は》3とか

設計図は棄てられてゆきあらかじめ失はれたる夢となりたり

きざしくる心がはりに雨の日には履かざりし靴履きて出かける

まるつきり機会うしなひもう味のしなくなりたるチューイングガム

乱暴にUSBをひつこ抜く手つきもてきみが捨てるおもひで

スクラップ・アンド・ビルドの名のもとに地下街がただの通路となりつ

新明解に恋は

ひとの声聞こえなくなる路地裏にひとりぼっちの星まつりする

孤独とは人によらうが孤独死の部屋の隣でまたも孤独死

燃えるものは燃やすものへといつしらに変はりてゐたり心のやうに

特定の「異性」が「相手」に変はりたる新明解に恋はたくさむ

男偏といふ部首はなくをとこらが妬み嫉みの蔦を這はせる

運命の恋などきつとこの世にはなくて　深夜のドラマ見てゐる

くみふせてくみふせられて生きてゐる理由たがひのからだに探す

それ以上言はない、言はせないやうにくちびるをもてふさぐくちびる

けふのこと思はぬためにあすのこと忘れるために選ぶ濃き酒

眠り姫を眠りより覚ます役割を放棄して眠りつづける王子

とまどひ

木のふりをするテーブルに並べれば男のふりをする生ビール

知つてゐるふりをする、せぬ　数秒のとまどひののちきみに応へつ

淡い色着たい日も濃い色着たい日もあつてたどたどしいうたうたふ

冗談で済ませたけれどどこまでを冗談にするつもりか僕は

もうひとりの僕が生まれる適当に話を合はすための嘘から

敢へてせむ敢へてせざらむ　いづれとも決めかねてわが性ゆらぎつつ

思つても言はないことを増やしては輪郭が齢《とし》相応となる

きみが猫あれるぎーつて知つてからとまどつてゐる猫になるのを

きみはもう僕の気持ちを知つてゐて日により許す範囲を変へる

吊橋をわざと揺らしてゆくきみの背中まぶしき陽だまりとなる

ほんたうと嘘のさかひめとほくてもちかくてもよく見えないきみの

ほんたうの要素

カタカナに書くフルネームわれならぬわれがわれより抜け出してゆく

あやふさもとりとめなさも検索の履歴に炙りだされるわたし

そのひとはもうこの世にはゐないひとFacebookにけふ誕生日

写真を撮るときには外しほんたうのかほの要素にメガネは入れず

数時間後の僕に任せてこころさへ脱ぎ散らかしたままにしておく

どっちつかずの身をもてあます美味しくも美味しくなくもなき薄荷飴

眠りたい僕と眠りたくない僕と午前三時の時計を止める

いくつもの自動扉をすり抜けて夢なれば知らずこの行く先は

窓のむかうへ陽のさすはうへみづからを欺くことのポトスにはなく
これからの可能性に賭けることとするつぼみの多い鉢を選んで

古書のすきまに

距離はわがうちにひろがりゆふぐれの窓一枚の広さの野原

お守りの功徳それぞれ持ちあるき神の混在してゐる鞄

赤茶けた古書のすきまにまぎれこみ僕宛でない手紙が届く

かつて読みしひとは誰ともわかぬままわが手のなかの『白秋歌集』

樹のかげに石碑がしづむ百年も経たないうちにみんな忘れて

立ち入り禁止のロープやすやすくぐり抜け亡きひとに会ひにゆける薄暮れ

木下闇やがてくらやみ飲み込まれゆくへしれずの微熱のからだ

これ以上靡かぬといふ強き意志見せて離れてゆきたり仔猫

ねうねう

待宵草のしをれるやうに泣けば済む日がありきわれにきみに等しく

わが知らぬひとらと写りわが知らぬかほをしてゐる写真のきみは

女三の宮の猫にはあらねどもねうねうと鳴くきみを撫でをり

夢にてもきみの重さはたしかにてよく眠るこのおほきなる猫

四つん這ひとなれば両手は前足となりて獣の毛におほはれる

はつかとはたしかなること僕のとなりよこたはりゐるきみの体温

からからとわらひゐるなり合ひ鍵は愛の鍵にはあらざることを

月のなき夜のノクターン果てるともなくふりしきるきみの無言歌

きみの鼻梁ゆびにてなぞる真夜覚めてあるかなきかの明かりのうちに

それどころぢやなくても時により愛は真実、異端、耽美、禁断

常識はうたがひてみむGabriel Fauréの描く和音聴きつつ

星の時間

見送ればきみに始まるにんげんの時間を終へて星の時間が

伏線を回収せずにとぢてゆく生ばかりなり霜月、師走

木のやうになれても木にはなれなくて今年も白粉花は伐られつ

死者ばかり出でくる夢のさめぎはに色とりどりの花の降りくる

人形のうたをうたひて人形になりてしまひし歌手をいとしむ

自画像に死は間近なり晩年にして年下の中村彝《つね》の

知つてゐるかのやうに描くみづからの死にたるのちの他人の顔も

はつこひのひとは自死してもう齢をとらぬを鏡　たれも映らず

つめたきは耳のみならずみづからを抱《いだ》きてくぐる青き灯の下

くだけちる硝子のやうにminorの意味を揺らして降る星あかり

夜の更けの電話の声の半分はおぼろにて壁の木目をなぞる

日本時間の今夜冴えつつ体内の時計いづこの国を旅する

雷龍の国——タイ、ブータン

職業をSINGERと書き突然に歌手となり入国カード書き終ふ

遠景にひかりの帯《ベルト》ベランダに出でて見つめる夜のバンコク

さしいだすゆびを湿らせバンコクの夜をさながらつつみこむ水

*

五階建てのビルを築きてゐるといふ竹にて組める足場見あげつ

犬はいまだ眠りのうちに渋滞が起こりはじめる朝のティンプー

うすくらき堂に聖水をうければ少年僧の腕《かひな》なまめく

少年のころの姿が浮かびくるプナカはきみの故郷と聞くに

しばらくを舌にのせたるブータンのウオトカに熱りはじめるからだ

おはやうとさやうならのみ交したる青年なれど忘られずをり

きみの名の響きいとほしこの世にてもう会ふことはなからむきみの

雷龍の国に雨降るかわきたる土もわれらも分けへだてなく

偶像崇拝

まなざしを注ぐことより注がれることに慣れゆくかこの少年も

成長の過程とはいへ変声期むかへて降板するミュージカル

消費されつくせば枯れてゆくのみの花をふりまく少年少女

意外にも青年はつよき顎をもち夜のとばりに仮面《マスク》をはづす

ＫｉｎＫｉ　Ｋｉｄｓも三宅健も（われも）生まれたる一九七九年の奇跡

東山紀之のかほ浮かびくる紀貫之のうた読むときに

翔くんは必ず年下わが生れし年には人名漢字になかりけり「翔」

功罪の「功」のみおほく取り上げて追悼はつねに粛粛とせり

うつくしきゆゑ雄、雄ゆゑうつくしく孔雀が羽をひろげはじめる

われらの樹

還るべき場所にあらずとふるさとを語るとき翳りゆけるまなこか

よきにつけあしきにつけてわれに子のをらぬこと雪のやうに降りつむ

自画像を描きて見せに来る少女少女であつたことなきわれに

うたがひもなく抱かれてこの子には見てゐるものがこの世のすべて

紫の上に子供ができぬことも救ひのごとく目をとぢてをり

家系図の樹にぶらさがりわれといふ枝と葉はもうひろがりゆかず

われらの樹枯らすため生まれきたるとも思はれてわれとおとうとに冬

染めるのをやめると言へりをみなよりおみなとなるを受け入れて母

それぞれに物うち捨ててちちははは「をはり」の支度はじめるらしも

残しおくほどのものにもあらざれば捨てられてゆくわれの幼年

くりかへし同じ絵本を読むことがしあはせだつた硝子ごしの陽

つひにわが父とわれとの「絆」とはならざりし　釣りもキャッチボールも

老年といふ時せまりくる祖父祖母となることはなき父と母とに

父と母、子といふ役はかはらずに古びゆく家に年あらたまる

そこにあること忘れられ忘れられたるまま冬を過ごす球根

をとこ・をんな

をとことかをんなとか結局分けられてまたあぶれたる椅子取りゲーム

をとことかをんなとかそれ以外とかきみは洋服きがへるやうに

をんなにもをとこにもなる春の日の歌のなかにてきみを呼ぶとき

みほとけはほほゑみいますをんなともをとこともつかぬものうつくしく

少年がひとりで体あらふときどこまでこどもどこからおとな

スマートフォンにあまたあり（このからだにも）つかはざるまま朽ちゆく機能

かくすべき意味帯びはじめくちびるはやうやうなまめかしき魚となる

公園に全裸のをとこあまつさへ〈平和の像〉と題をつけられ

彫像の影に入《い》りたる僕の影もはやいづれの影ともわかず

いくらでも残酷になれる僕たちが青年像に突きたてる剣

天国へ連れてゆくため放つとぞ天使が弓矢かまへむとする

きみの幼き日を知らざるに聖痕といふべしやそのひたひにあるは

さやけかるべく

配偶者の悪口ばかり言ふひとになぞられる結婚線といふ嘘

結婚に愛などあらうとなからうとできるときみがをしへてくれる

二〇二一年二月一六日

不倫相手が同性でも不貞となるといふ判決　今までさうぢやなかつたのか

夫《フ》も妻《サイ》もつまと読むときひつそりとまざりはじめるをとことをんな

結婚はしない（否この国にてはできない）きみと一緒にねむる

思ふより想ふより深き月の夜わが念ふべきひとを抱かむ

クローゼットの奥に息せり隠さねばならぬものとてわが私小説

秘めごとの他愛なきこと片方の手に隠されてしまふくらゐの

ひと匙の狂気が足りぬうつくしき歌うたふにも恋をするにも

定義など捨ててしまはむもれいづる月のかげよりもさやけかるべく

白をかさねて

とろとろと色あせてゆく絵となりし最上川にも時が流れて

散りゆける Camellia sasanqua 花びらのいちまいいちまい愛《かな》しみながら

山茶花《さざんくわ》の学名Camellia sasanquaに「くわ」の音残りゐるはたのしも

カートリッジかへるやうにも日常と非日常とを入れ替へるゆび

ほんたうは何を懼れてゐるわれか街は誰とも合はぬまなざし

歩道橋から見はるかすまつすぐに歩けぬやうにできてゐる街

春の風吹きぬけるころ脱ぎやすき靴にてきみの家へ行きたし

一日のをはりがありぬ描きをはることのなき絵とまむかふやうな

雪の春さくらのうへにわがうへにひと日かぎりの白をかさねて

前髪

アンティノウスの厚き胸板　愛を知りつくさざるゆゑみづみづとして

おとなへの通過儀礼の滅びたる僕らの時代ゆれる前髪

末路とは切なきことば老いやすく恋成りがたき前髪ゆらし

かたがつくなんてさうさうないことでけふも未完のままの小説

生きてゆくための算段つくづくと苦手にて原民喜と歩く

結局は若さに縋りつくわれがセーターを選《よ》る真昼の鏡

ミサよりもミサイルが先にあらはれてあぶなつかしき予測変換

もとどほりと元の木阿弥とのあひだどれほどならむ春となりつつ

朝のオレンジ――シチリア、ローマ

飛行機は西へ西へと向かひをり夜空に時を溯りつつ

オレンジはあかりのやうに街なかに裏庭に卓にわが手のひらに

あをぞらはどこまでもあを　ゆびさきに香りを残す朝のオレンジ

彫刻の写実なること知らしむるアレサンドロの美《は》しきよこがほ

話しかける言葉によりてアレサンドロはアレックスへと変身したり

アーモンドの花が桜のやうに咲き春をむかへる州都パレルモ

とりどりの花を気軽に贈りあふために花屋の多き街角

港には港のにほひトラパニの鷗、波、船、船乗りのこゑ

ジョヴァンニの家を遠くに見やりながらバスひた走りゆく田舎道

くすむやうなる緑色ゆるやかにオリーヴ畑にオリーヴゆれて

神殿のうへの濃き空　二千年前のある日のこんな午後にも

たかだかと竜舌蘭の咲くときに近づきてゐつをはりの刻《とき》は

瑠璃苣《るりぢさ》の瑠璃色を目にやきつけてゆるゆるとセジェスタの階段くだる

*

システィーナ礼拝堂を見上げゐし少年たちのとほきまなざし

若きアダムのからだはしなるゆびさきにもうすぐ神とふれあはむとて

男根を蛇に嚙ませる地獄《インフェルノ》にミケランジェロの描きしミノス

大人になるたびに失ひゆくなにか丸知野《マルティーノ》の手にひかる十字架

屈託もなく笑ふこと弥解留《ミゲル》にもありしやローマの街をゆくとき

硝子ごしに見てゐるピエタ胸うすきイエスを抱きマリアうつむく

＊

雨に滲むローマの街に何もかもはるかとなりて旅は終れり

Björn Andrésen

たどたどと Für Elise を弾きてゐしタッジオの影追ひかけてゆく

伝説となりたる Björn Andrésen《ビョルン アンドレセン》 はかなけれまだ生きてゐるのに

タッジオといふ名しあはせふしあはせ死んでさへきつと呼ばれつづけて

フィクションはフィクションゆゑにうるはしくそのままにするあなうらの砂

＊

わがかほに化粧をすればもうすでにアッシェンバッハ側の人間

ゆるやかな蔓

きみと僕、こころとからだ、すこしづつ離れて同じ映画見てゐる

せつなさの底へみちびきスクリーンよりただよへりあをきにほひの

スクリーンのなかへ行きたがる　からだよりあくがれいでてやまぬ心は

傷いまだ古りゆかぬことわが生も性もかさねてグザヴィエ・ドラン

これが最後と判つてしまふ背を向けて歩き始めるその歩幅から

そこで死ぬわけもなけれどとほざかり消失点に吸はれてゆけり

主人公も消えてゆきたりぬめぬめと夜がひろがる黒の中へと

流れゆくエンドロールは僕たちを地上へ戻すゆるやかな蔓

二時間のうちに十年過ぎたれば十年分疲れていづる映画館

花には罪

花うらなひはじめるまへに僕たちはまづ花びらの数をかぞへる

ひとまはりちひさくなつて姫といふ称号を得て花さかんなり

文字にせず口にもせざる欲望は根腐れをして鉢の奥底

薔薇色のチークを差せり白き薔薇、黄色き薔薇のことは忘れて

水栽培の僕の鉢にはいびつなるかたちに伸びてゆくヒヤシンス

次の花を咲かせるために少しでも朽ちはじめれば抜けりその花

花には罪なしとはいへど咲かせてはならざる花はわが手に枯らす

わらわらと雌蕊をかこみ遠くから見るよりも生なましき雄蕊

距離

さくらさくら散つてゆくなり友としか言ひやうのなきひとと歩きて

そろりそろりみづのおもてをゆくやうにひとりにひとつづつのさざなみ

ともだちでゐられる距離をはかりつつ傘からはみ出すこころ濡れゆく

傘と傘ふれるくらゐにゆびとゆびふれぬくらゐに駅までをゆく

ゆびさきも触れえぬ距離に僕たちの影絵ばかりが夜にとけあふ

距離感のほどよさわからないままに改札口にひとと別れつ

半分は（いやそれ以上）隠したるわが半生の白き履歴書

うすにごる眼うつりてみづからの髪みづからに切る夜の鏡

よるのゆめこそまことなれ乱歩邸かならず夜は閉ざされてゐる

たとへば樹

ひととせの過ぎてしまへりひととせの花屋に花の絶ゆるなけれど

この世には存在しないカルーセル・エルドラドもう夢の中にも

亡きひとの安息のため僕のため眠りのまへに聴くレクイエム

細胞のひとつひとつがシャットダウンしてゆきながら夜は深まる

たとへば樹たとへば海辺かへるべきところへかへりゆく月と星

あとがき

年齢というものは絶対的なものではないと信じていますが、四〇代を迎えたことで、自分自身にも何か変化した部分があるかもしれません。ある程度の年齢になると、内面が顔に現れはじめるとも言われます。鏡に映る自分はとりあえず、良くも悪くも、それなりに変わってきているように思います。変わると言えば、季節も日常も、時代も常識も、目まぐるしく変わっていくなかで、それらを映す鏡としての短歌に興味があります。

さて、鏡はどこまで「真実」をうつすのでしょうか。気になるところです。

＊

四冊目の歌集となります。

二〇二二年三月までの歌を、三百二十三首収めました。制作順ではなく、前歌集に収めた歌と生まれた時期が重なっているものや、初出時とは形を変えたものもあります。

＊

海外の歌に関して記録しておくと、台湾に行ったのは二〇一七年五月、タイを経由してブータンに行ったのは二〇一五年十月（タイは乗り継ぎのため、空港とホテル間の移動のみ。翌早朝の飛行機でブータンへ）、シチリアとローマに行ったのは二〇二〇年二月末。イタリアに行くことができたのは、今思うと奇跡のようなタイミングでした。

＊

朔日短歌会の同人となって、いつの間にか四半世紀が過ぎてしまいましたが、外塚喬代表、宮本永子先生、会員の皆様には、いつも変わらず温かく見守っていただいています。

「短歌研究」の「二〇〇〇歌人新作作品集」が年齢順から五十音順となったことで、黒瀬珂瀾さん・楠誓英さんと僕とで「〈く〉のひと会」なるものが誕生し、今回お二人が素敵な栞文をご執筆くださいました。同時代に生を享け、短歌を通じてめぐり会えた幸運を思わずにいられません。とてもうれしい「つながり」がこの歌集にはたくさんありますが、さらに装幀について、第一歌集『月と自転車』を彩ってくださった伊勢功治様に再びお願いすることができたのも、思いがけない歓びでした。

出版に当たってはこのたびも短歌研究社の國兼秀二編集長、菊池洋美様にお世話になりました。

そして、この歌集をお読みくださった皆様、どうもありがとうございます。

この場をお借りして心からのお礼を申し上げます。

夏の去りつつある日に

栗原　寛

略歴
1979年　東京都西多摩郡五日市町（現・あきる野市）生まれ
1997年　朔日短歌会に入会
2001年　早稲田大学第一文学部卒業

歌集
『月と自転車』本阿弥書店　2005年
（現代歌人協会賞最終候補）
『窓よりゆめを、ひかりの庭を』短歌研究社　2012年
『Terrarium ～僕たちは半永久のかなしさとなる～』
短歌研究社　2018年
（日本歌人クラブ東京ブロック優良歌集賞受賞）

楽譜
女声合唱とピアノのための『あなたへのうた』
（大藤史作曲、高橋直誠編曲）音楽之友社
女声合唱による4つのポップス『栗鼠も、きっと』
（信長貴富作曲）音楽之友社
混声合唱とピアノのための『いのちの朝に』
（相澤直人作曲）カワイ出版
無伴奏男声合唱のための『三つの情景』
（田中達也作曲）カワイ出版
男声合唱組曲『僕の愛、あなたの夢』
（大藤史作曲、森田花央里編曲）パナムジカ出版
「あなたがいるから」
（なかにしあかね作曲）パナムジカ出版
ほか

現代歌人協会会員

検印
省略

朔日叢書第一一九篇

二〇二二（令和四）年十一月一日　印刷発行

歌集　鏡《かがみ》の私小説《しせうせつ》

定価　本体二五〇〇円
（税別）

著者　栗原《くりはら》　寛《ひろし》

郵便番号一七一―〇〇二一
東京都豊島区西池袋五―二四―一五

発行者　國兼秀二

発行所　短歌研究社

郵便番号一一二―〇〇一三
東京都文京区音羽一―一七―一四　音羽YKビル
電話〇三（三九四四）四八二二・四八三三
振替〇〇一九〇―九―二四三七五番

印刷者　KPSプロダクツ
製本者　牧製本

ISBN978-4-86272-713-8 C0092 ¥2500E